或る映画監督の回想

桐ヶ谷まり

冬花社

或る映画監督の回想

桐ヶ谷まり

カバー絵　著者

装幀　小沼宏之

一　思いがけない質問

一色林太郎監督の作品が、海外の国際映画祭で特別賞を受賞した。監督は授賞式に出席し、作品の宣伝のために六週間かけてヨーロッパを回った。帰国後も雑誌の取材やテレビ番組に出演するのに忙しく、鎌倉の自宅に戻ったのは四月の末である。

郵便受に入りきれなくなった手紙と祝電の束が、だれがまとめてくれたのか、家の横の雨に当たらない木箱の上に置かれていて、その中に一本、酒の包みがあった。包み紙には伝票の剥がれた跡があり、送り主の名前はわからない。

開けてみると、暗緑色のなで肩のびんに入った、有名なシャンパンだった。

長い間閉め切っていた部屋の中はカビ臭い。

監督は、家中の窓を開け放った。家中といっても五つしか窓のない小さな平屋建てである。

国際的に活躍している映画監督の家とは思えない、とよく言われるが、賞などもらって配給会社の収入は増えても、監督の懐具合は変わらない。もし仮りに金持ちになったところで、賞金は全部次の作品につぎ込んでしまうに決まっている。それに、この古くてこわれそうな自宅を彼は心から愛していた。

一風呂浴びてパジャマに着替えると、もうすっかり日は暮れていた。

窓際のソファに腰をおろし、庭に目をやると、薄闇の中に葉桜の形が浮かび上がってくる。

今年は花見ができなかった。

シャンパンの栓を抜くと、たちまち芳しい香りが広がった。太陽と葡萄の溶け合った清らかで豊かな香りである。細長いシャンパングラスに注いでかざすと、黄金色の液体の中の無数の泡がまっすぐ上の方に昇って行き、表面ではじけた。

シャンパンはほんのり甘い。

立て続けに三杯あおると疲れが出たのか、急に酔いが回ってきた。

『子どもと女性をいきいきと描いた』というのが受賞の理由だったので、授賞式の後の記者会見で、質問は監督の私生活の謎に集中した。

フランス人の女性ジャーナリストに、

「お子さんは何人？」

と聞かれ、独身だと答えると、

「隠し子がいるのでは？」

と言われ、唖然とした。その顔があまりにも間が抜けていたので、みんなどっと笑った。

隠し子なんかいるはずがない。

それなのに、あれからずっと考えている。

隠し子でもいいから、子どもがいれば良かったのに。自分の子どもがこの世にいたら、どんなに幸せだろう。子どもがいるというだけで、ただそれだけで、途方もなく素晴らしいことではないだろうか。


ひとりの少年の姿を思い浮かべる。

八歳か九歳。一年中野山を駆け回っているので陽に灼けている。にっこり笑うと笑顔千両。上の前歯が一本抜けて、そこが四角い穴になっている。いつも半袖半ズボン。

映画監督という商売は、華やかだと思われがちだが、それは上辺だけ。実際は、職人のように地道な作業の積み重ねである。

大勢のスタッフを束ねて規律を守りつつ、全員の才能を目一杯引き出さなければならない。トラブルが生じればすぐ解決し、映画をイメージ通りに、できればそれ以上の出来栄えにもっていくために工夫に工夫を重ねる。だから、監督はひどく気骨が折れる上、結局ひとりぼっちなのだった。

その監督が気の毒に思うほど孤独なのが、女優と呼ばれる女たち。

彼女たちはほれぼれするほど頭がいい。人を見る目は確かで、世間の表も裏も見抜き、冷静で、スキがなくて、しかも余裕たっぷり。

魑魅魍魎の跋扈する芸能界でトップに昇りつめるような女はさぞしたたかだろうと思いきや、一流の者ほど心根は優しい。大変な手間をかけて作り込んだ複雑怪奇な女と思ったら大間違い。明るくて、温かくて、嘘がない。いつも自然体でさわやかで、それは一流の者ほどそうである。

多くのファンから愛され、スタッフや取巻きに守られ、次から次へと恋の噂が絶えないのに、本当に心を許せる相手はいないのか、監督に寄りかかってくる女優はひとりやふたりではない。

監督には巾広い人脈があるが、一匹狼で礼儀正しく、どんなにつきあいが長くなっても人と馴れ合うということがなかった。人間とは得体の知れないものだ、と思っていたので、友だちになれそうな人物ともできるだけ淡いつき合いを心がけ、会食を避けて、手紙でのやりとりを好んだ。

孤独な女は孤独な男に惹かれるらしい。それに監督と女優は戦友でもあった。時々、浮世離れした、しかし確かな友情が生まれることがある。

世間はそれをスキャンダルと見なして、監督に『女優キラー』というレッテルを貼った。監督は年中パパラッチに追いかけられているが、御苦労様、と思うだけで別に腹も立たない。パパラッチにも生活があるのだ。

撮影が深夜に及び、スタッフが全員先に帰ってしまった時など、思わせぶりに監督にしなだれかかってくる女優もいたが、監督ときたら、あっ、あの位置からカメラ回しとけば良かったな、と思って上を向いてしまう。

それでも飄々とした人柄のせいか、別に恨まれるでもなく、彼女たちは翌日もケロッとした顔でやってきて、疲れれば、もんでよ、などと言って足を投げ出すのだった。

しばらく前に、有名な映画雑誌が、『女優キラー一色林太郎監督の秘密』という特集を組んだことがあった。

その時、インタビューを受け、

「一番好きな女優は?」

と聞かれ、

「デビュー前のマリリン・モンロー。」と答えた。

二十歳のマリリンと撮影旅行に出かけたカメラマン、アンドレ・ド・ディーンズの作品に、『乙女の祈り』とタイトルをつけたいような初々しい一枚がある。

青い海をバックに、白いパイル地のバスローブを着た彼女が、まだ染めていない髪を後ろで一部束ねて風になびかせ、両の掌を合わせてにっこりしている。唇を赤く塗ったほかはほとんど素顔で、陽に灼けひどくかわいらしい。監督はこのポートレートが大好きだった。

つづいて、女性遍歴について根掘り葉掘り聞かれたが、どうにも話が盛り上がらなかった。話のネタがないのだ。

『女優キラー』の正体はそんなものである。

監督はインタビュアーが気の毒になり、

「本当に好きだった人のことは、一度も聞かれたことがないんだよ。」

と言ってみたが、その若い女性のインタビュアーは『本当に好きだった人』には興味がないらしく、話はそこで立ち消えとなった。

監督の心の中には一本の、未公開のフィルムがある。

登場人物は三人の女。

祖母、母、そして波子。

この三人だけで、監督のフィルムはいっぱいだった。

一色林太郎は、横浜生まれの横浜育ち。

港近くの雑貨屋の二階で二十三年間暮らしたハマッ子で、その後は鎌倉で一人暮らし。

雑貨屋を営んでいたのは祖母である。家族は、祖母と父と母。ひとりっ子で、兄弟はいない。四人家族だったが、不思議なことに四人そろって暮らしたことは一度もなかった。

二　ハマの少女時代

監督の母方の祖母は、その名もハマという。

ハマは、港の見える丘公園の崖下がまだ埋め立てられず、山下公園が海だった頃、丘の上にそびえる白い洋館で待望の第一子として誕生した。

長身で、ひげをたくわえたハイカラ好きの父親は銀行員で、出世して頭取になり、家庭は裕福だった。

母親はおめかし好きな社交家で、家事は一切しないで外出ばかりしていたが、その代わり、家には住み込みのメイドがいた。

ハルミという名前の若い中国人の女性で、ハマが生まれた時ベビーシッターとして雇われたのである。

ハマは、ハルミに育てられた。

ハルミは料理の名手だった。

和洋中華すべてのフルコースをこしらえるだけでなく、旬の新鮮な食材と乾物と缶詰を組み合わせることによって、低予算で最高級の御馳走を作り、作り終わった時には鍋も包丁もフライパンもピカピカになって台所は静まり返り、食材は余すことなく使い切って、油一滴の無駄もなかった。

時々、ハマの父親は、経済界の大物や政治家の友人を自宅に招いた。赤坂の料亭や中華街の名店よりも、ハルミの手料理の方が評判が良かったからである。

日取りが決まると、ハルミはまず、掃除に取りかかった。カーテンを洗い、絨毯を干してほこりを叩き出し、ガラスを拭き、家具を磨いて、庭の草むしりをする。ハマはよちよち歩きでハルミの後を追いかけ回し、邪魔をしながら手伝った。ハルミの手は水仕事をし過ぎていつも真赤に腫れ上がっていて、ハマはそれが気の毒でならず、代わりに雑巾を絞ったり、自分の小さな手でハルミの手を包んで息を吹きかけたり撫でたりした。ハルミは、ハマがそばに行けば、必ず仕事の手を止めて、ハマを抱き上げ、抱き締めてくれた。ハマの幼年時代とは、ハルミのにおいとぬくもりだった。

掃除がすむと、三日がかりの調理にとりかかる。ハルミはまず、一枚の大きな白い紙を台所の壁に貼り、メニューを組み立てた。クレヨンでポタージュのとろみやレタスの葉の涼し気なギザギザまで丁寧に描き、味だけでなく、目に映る印象も考慮した。一度もてなした客の好みを決して忘れることはなく、どんな料理もハルミが作るとハルミの味になり、食通をうならせた。

暇な日の昼下がりには、ハルミはゆっくりハマの相手をしてくれた。

家の中でかくれんぼをしたり、あやとりをしたり、庭でボール投げをして遊び呆けた。

時には、ラジオから流れてくる音楽に耳を傾けながら、ハルミは編物や刺繍をした。

セピア色のレースのカーテンが揺れ、潮の香りが吹き抜けるなか、ハルミの手元をじっと見つめていると、ハマは満ち足りて胸がいっぱいになり、うっとりして、あまりの幸せに、体中がしびれた。

ハルミの刺繍は芸術と言えるほどに美しく、立体感のあるアヒルや亀や蝶々で飾られたハンカチとエプロンを、ハマは死ぬまで手元から離さなかった。

ハマが小学校に上がった頃から、両親は彼女に関心を向け始め、急に躾が厳しくなった。

中学生になるとハルミの手伝いをすることも禁止され、猛勉強を強いられた。

高校二年の春、ハマは学校からの帰り途に港で大型貨物船の荷物の積み降ろし作業を眺めていた。ゆっくり息がつけるのは、登校と下校の時だけだったので、ひとりでいつまでも、柵にもたれてぼんやりしていたのである。

夕暮れが近づき、空と海がブルーグレーになりかけた頃、ようやく作業が完了し、大勢の船員が船を下りて行った。

その一番最後から、長身の痩せた男がゆっくり下りて来た。長い前髪をかき上げる仕草、広い肩巾、洗いざらしの青いシャツとジーンズ、素足に白のデッキシューズを履いて大きなリュックをかつぎ、少し首を傾げて、ハマの前を通り過ぎた。濃い潮の香りが風のようにハマを包んだ。どこもかしこも、上から下まで、なにもかも、すべてがハマの好みそのものだった。

男が立ち止まり、ふり返ってハマを見た。

目と目が合った。

そうしてそのまま、お互いに吸い込まれるように恋に落ちる。

結婚したい、と言い出したのはハマだった。

ハマは、日曜日に恋人を招き、両親とハルミに引き合わせた。ハルミだけが賛成してくれたが、その日のうちに首になり、中国に帰されてしまった。

ハマは、家を出る決心をした。ハルミのいない家など、がらんどうにすぎない。

ハマは身の回りの品を詰めた旅行鞄ひとつを持って、根岸の恋人の小さなアパートに転がり込んだ。学校には退学届を郵送した。学年トップの秀才の駆け落ちに、学校中が沸きに沸いたという。

恋人は喜んでハマを迎え、ふたりで婚姻届を出してささやかな生活が始まった。

夫はハルミが見抜いた通り、気持ちがまっすぐで裏表のない、立派な男だった。学歴も財産も取り柄も身寄りもない自分を、ただひたすらに好きだと言う十七歳の少女がかわいくてたまらなかった。

至福の休暇が半年続き、夫が航海に出る日が近づいてきた時、ハマは妊娠した。

別れは辛かった。

三十近くになってようやく好きな女に巡り会い、家庭を持ち、妻に甘えたり、甘えられたりする喜びをかみしめて、やがて父親になろうとする男は、その二重三重の幸福の輪の中から一歩も出たくなかった。だが、そんな素振りは見せられない。

「生まれてくる子が男でも、女でも、流れる海と書いて、りゅうみ、と名付けてくれ。」

と言った。行かないでという言葉を呑んで、

「わかりました。安心して行って来てね。」

とハマは答えた。

ジブラルタル海峡の沖で、夫の乗った船が炎上し、沈没した、というニュースが入った時、ハマはとても信じることができなかった。

ニュースを聞きつけた両親がアパートに押しかけ、許してやるから赤ん坊を諦めて、家に戻り、学校へ行きなさいと命令した。

「赤ちゃんなんて邪魔なだけよ。」

と厚化粧した母親がささやいた。ハマはぞっとした。父親は銀行家らしくお金の計算ばかりしていた。ふたりともハマの悲嘆は無視して、高校に復学するか、家庭教師をつけて大学を受験するか、そんな議論に熱中している。

ハマは、改めて両親に絶交を言い渡した。

遺体がないので葬儀もできなかった。

まもなく会社から保険金が届けられた。夫がハマに内緒で海難事故専用の保険に加入していたのである。かなりまとまった金額だった。

ハマはそれを元手に店を始めようと思い立つ。それなら子どもを育てながらでもやれるだろう。

短かい結婚生活だったが、夫に深く愛された幸福が体に刻みこまれていたので、この体さえあれば生きていけると確信した。

ハルミが恋しかった。

明るくて優しくて万能の天才だったハルミ。

そうだ、ハルミと同じ位働こう。そうすればきっと食べる位は何とかなるだろう。

ハマはハルミから家事全般を仕込まれていた上、幼い時分から買物のお伴をしていたから、商店というのは楽しいものだと思っていた。

港のはずれの角地に、大層古びた奇妙な形の店舗が売りに出されていた。目立たない場所だったが、船に乗る人も降りる人も、主婦も学生も職人も、必ずその前を通る場所であり、二階は家族で住める造りになっていて、値段は格安だった。ハマはそこを買って自分でリフォームをした。あと少しでペンキを塗り終わるという時、陣痛が始まった。

ハマは、休み休み歩いて行って、ようやく助産院に辿り着き、そこで二時間で流海を生んだ。

玉のような女の子だった。

三　ハマの名物ハマヤ

『ハマさんのデパート』と呼ばれて港の人々に愛された『ハマヤ』は、間口が狭くて奥行きのあるウナギの寝床のような店で、およそ人が生きていくのに必要な物なら何でも揃っていた。

天井が高く、四方の壁は商品でふさがり、中央には、天井まで届く図書室のような棚が三本平行に並び、そこに隙間なくびっしりと木箱とダンボール箱が詰まっていた。どの箱にも大きな字で書かれたレッテルが貼られている。食品、糸、針、布、あらゆる紙類、電池、電球、食器、調理器具、寝具、文房具、地図、下着、ネクタイ、スーツ、コートの類まで、探せば何でも出てくる魔法の迷宮だった。

一番奥は行き止まりにならず、左側に鍵形に曲がっていて、そこに小さなバーカウンターがあった。

七脚の椅子は作り付けで、足をのせるパイプに連結していて、いったん腰をおろせば立ち上がるのが嫌になる座わり心地。酒の棚には世界中の酒が林立し、横の壁には木の枠で囲まれた丸い窓が三つ、等間隔に並んでいてそこから海が見えた。

バーの中だけは昼間も暗く、三つの窓は丸く輝く絵のようだった。

沖の方を大型の貨物船が通ると、右の窓、真中の窓、左の窓、と順繰りに現われては横切り、消えていく。

『ハマヤ』は繁盛した。

流海は『ハマヤ』の中で大きくなった。

ハマは流海をおんぶしたまま働き回り、流海が泣けばおぶい紐を解いて膝にのせ、おっぱいを飲ませた。おっぱいをたっぷり飲んですやすや眠っている赤ん坊の顔を見ていたくて、客のひとりが揺り籠をプレゼントしてくれた。一歳を過ぎて歩き始めると目が離せないが、入れ替わり立ち替わりやってくる客のだれかが遊び相手になってくれた。そういう客は信頼できる人ばかりで、流海は彼らに愛されて、すくすくと成長した。

流海は小学校に上がる前から店の手伝いをして、中学生になった頃には看板娘になっていた。ハマは店先で客の応対に追われていたので、いつしか奥のバーが流海の持ち場になった。

バーの客の中には、寄港地から酒の肴を買って来る者や、帰国した折にその地方特有の食材を持ち帰る者もいて、それぞれ好みの味を再現してほしくて流海に料理法を伝授した。

流海は、よくあんな狭い所で、と思うようなカウンターの陰で、ありとあらゆる料理をこしらえた。まさに無国籍料理。

一番人気があるのは、香辛料をきかせたビーフカレーで、常に作り置きしてあった。不思議な事に、『ハマヤ』のバーでは、喧嘩をする者もいなかった。国籍も職業も年齢もばらばらの男達がひとかたまりになって、静かに酒を楽しんだ。海で死んだ仲間を偲んで、強い酒をすすりながら涙を流す男もいたし、故郷に残してきた恋人の写真を見せたがる男もいた。それは波打つ豊かな金髪と緑色の目をもつ美女だったので、長い間ひとりにしておくべきではない、と見せられた者は不安になった。

ハマは、年々歳々、女主人の風格が備わり、四十代にさしかかる頃にはその界隈でだれひとり知らぬ者のない有名人になった。

ハマはよく人の面倒をみた。

朝の五時から、夜は九時まで、毎日店を開け、正月も休まなかった。

商売にも熱心だったが、困っている人を放っておけない性分だった。いつ、どこで習い覚えたのか、数ヶ国語を操り、フランス人の画家やロシア人の宣教師と片言ながら話をした。様々な国の人々が『ハマさんのデパート』に立ち寄っては、必要な品物を買い、必要な愛情を補充して、安心して帰って行く。

ホームシックにかかった若者も、生きるのに疲れた老人も、『ハマヤ』の店内をうろうろしているうちに何となく元気を取り戻す。夥しい数の生活必需品が彼らをこの世に引き戻すのか、ハマの人徳か、流海のかわいらしさか、おそらく全部合わせて独特の魅力を醸し出していたのだろう。

特に買い物がなくても『ハマヤ』にやって来て、ハマと世間話をし、流海を抱き上げてほおずりをして、あとはただ店内をぐるぐる歩き回る連中もいて、時々鉢合わせをしては、どちらかが引き返す、という光景も見られた。

バーの常連客全員にとって忘れられないのは、ダニーとアランの親子である。

ダニーはオーストラリア人のパイロットだった。

流海のカレーの大ファンで、羽田に降り立ったその足で『ハマヤ』に直行し、カウンターの一番奥の席に座わる。その笑顔は、他の客に「百万ドルの」と形容されたほどの美青年だった。

新型飛行機のテスト飛行の最中、太平洋上でダニーは消息を絶った。

その時刻、ハマはダニーに会っている。

「ダニーがいつもの席に座わっているのを見たんだよ。明け方だった。私が下に降りて行ったら、バーの方が明るかったの。行ってみたら朝焼けでね、丸い窓が三つとも、青とピンクのだんだらに染まっていた。きれいだなぁ、と思って、ふと見るとその下にダニーがいたの。ダニーも窓を見ていたんだね。ダニーの横顔も青とピンクの横縞模様になってたよ。あっと叫んだら、ダニーが私の方を見たの。はっきり、目と目が合った。ダニーが、にっこり笑ったの。にっこり笑って、笑ったまま消えたの。本当だよ。本当に、笑ったまま消えちゃったんだよ。

ダニーが座わってた椅子を見ると濡れていた。だから、タオルを持って来て拭いたの。ちっとも怖くなんかなかった。でも、拭きながら感じたの。あ、今、ダニーが死んだ、って。」

ダニーが濡らしたという一番奥の椅子には、長い間だれも座わらなかったが、何年かたって、ふらりと店に入ってきた白っぽい金髪の老人が一直線にバーに行ってその椅子に当然のように座わってしまった。

ダニーの父、アランだった。

アランは、オーストラリアではパイロットの草分けとして知られた人物で、息子と同じ目をしていた。湖のように澄んで静まり返った、青い瞳。

息子が愛した横浜を見物しようと、はるばるシドニーからやって来て、そのまま居ついてしまった。

アランは、毎夕六時になるとバーに現われ、カレーとサラダで腹ごしらえをしてから、夜の更けるまでウイスキーをロックで飲む。

若い頃に離婚して、男手一つで育てた息子に死なれ、気難しい、寂しい男になっていたが、いつのまにか他の客ともうちとけて、よく笑うようになっていた。ハマがアランのオーストラリア訛りを理解するのがうれしかったのかもしれない。

ある晩、アランはグラスを持ったまま、頭をがくんと落とした。すでにこと切れていた。

ハマと客達で、外人墓地に墓を建てた。

ダニーの遺体は見つからなかったから墓もない、とアランが言っていたので、白い墓石には、アランとダニー、ふたりの名前が刻まれている。

四　リューミー

バーの客の多くが、流海に恋をした。

両手では足りない数の男がハマに、いずれ流海を花嫁に、と申し込んだ。

流海は色白で、栗色の長い髪の毛先を巻き、体つきが華奢な割に胸が大きく、素晴らしい脚線美の持ち主だった。

無口な女だったので切れ長の目が意味ありげな印象を与え、流し目をした訳でもないのに、男達は自分にだけ色目を使ったと思い込み、のぼせ上がった。男達は流海を、リューミーと呼んだ。リューミー、リューミー、と何かのおまじないみたいに。

だが、流海が恋したのは、小学校からずっと同じクラスにいて仲良しだった、棒きれのようにやせた少年ただひとり。


一色森太郎の母親は、彼を生んでまもなくよその男と出奔。おっぱいが欲しくて泣く赤ん坊を、うるさいと殴った父親はアルコール依存症で定職を持たなかった。

森太郎の幼ない頃の思い出は、痛い、寒い、お腹がすいた、その三つだけ。小学生になると家に寄りつかなくなり、ランドセルをしょったまま公園や倉庫で眠ることが多くなった。『ジェラールの水屋敷』と呼ばれていた、船員に樽詰めの水を売る商売で財を成した外国人の家の物置に、隠れて住んでいたこともある。

森太郎が警察に突き出されるたびに、ハマが身元引受人になった。そして店に連れ帰り、お風呂に入れてご飯を食べさせ、店の隅に寝床を作ってやった。森太郎は人なつこくて、だれからも好かれた。

森太郎と流海の高校の卒業式が間近に迫った三月の寒い朝、森太郎の父親が伊勢崎町の路地で、行き倒れになって死んだ。

結婚するわ、と流海がハマに宣言した。ふたりの間ではとっくに約束はできていたのだろう。ハマに反対する理由はなかった。

山手の教会で、同級生や店の客達に祝福されて、ふたりは結婚式を挙げた。

流海は、店の二階の一室を自分で改装した。壁紙を貼り、カーテンを縫って、和紙でランプシェードを作り、水色のベッドカバーを編んで、花を飾った。

森太郎にとって夢のような生活が始まった。

しっかり者の義母とにぎやかな店、心地良い部屋と温かい食事、ものごころついた頃から慕い続けてきた少女が今では自分の妻。

ハマの口ききで、元町のフランス料理店に就職し、ボーイとして働き始めると、森太郎の性格に合っていたらしく、みるみる男振りが良くなった。

流海もハマも客達も喜んだ。森太郎もようやく幸せになれた、とみんな考えたのである。


ところが、一年もたたぬうちに勝手に仕事をやめ、置き手紙を残して森太郎は姿を消した。

『船で働くことにした。半年たったら帰るよ。ごめん。』

森太郎は、フランス料理店の客だった商船三井の社長の目に止まり、大型客船のクルーとして採用されたのだ。


流海は、しばらくは泣いてばかりいたが、半年の辛抱だと気をとり直し、ハマにも勧められて、絵の勉強を始めることにした。美術大学に進学したかったのを諦めて、結婚を選んだのだった。

翌年の春、東京の美大の油絵科に合格。

昼は学校、夜はバーのカウンターの中、という生活が四年続いた。

その間、森太郎は何度か帰ってきた。

ハマは、若くして海に散った夫を思い出し、何とか娘婿に船を諦めさせようと、幾度となく説得を試みたが、森太郎は譲らなかった。

海に魅入られた男をひきとめることはできない。

流海は、卒業制作の横浜港を描いた大作で学長賞と金賞をダブル受賞した。

それから三年後、林太郎が生まれた。

林太郎は、二歳の誕生日に山ほどプレゼントの箱をかかえて家に現われた男が、

「パパだよ。」

と言ったので、びっくりした。

それが監督の、人生で最初の記憶である。

次にパパに会った時は三歳になっていた。


一階がいつも物や人であふれていたのに比べ、主のいない二階はがらんとしていた。二階に上がっていく階段の途中に踊り場があり、そこに立ち止まって、上を見ると、母と小さな息子ふたりきりの静かな世界が待っていた。

林太郎は、近所の幼稚園の年中組に入ったものの、母親と離れるのが悲しくて、毎朝めそめそ泣いた。幼稚園の園長先生は優しい人で、来たい時に来てね、と言ってくれたので気が楽になった。

流海は夫がいないので、部屋中至る所に絵を立てかけて、二階を全部アトリエにしていた。一旦描き上げた作品も、遠くから見直して、矯めつ眇めつしては筆を入れ、入念に仕上げた。毎朝の息子との散歩が済むと、十時から四時までは絵を描く、と決めていて、筆の進まない日でもキャンバスの前から離れず、少しでも、着実に仕事をした。

流海は花の絵を好んで描いた。

「花の命を閉じ込めるの。はかなさを、永遠に変えるのよ。」

というのが口癖だった。

少数ながら熱狂的なファンがいて、今でも馬車道通りのレストランや県庁前の喫茶店には、流海の花の絵がかかっている。

林太郎は、窓枠の桟のところに座わって流海の筆運びを眺め、何時間でも飽きなかった。

ふたりともほとんどしゃべらず、動いているのは流海の右手と絵筆だけだった。たまに水平線上を滑る船の汽笛が聞こえてくる。空も海も白く霞んでいる。油絵の具の匂いと潮の香りが混じり合う。いきなり、柱時計が鳴る。ボンボンボンボーン。四時になると流海はため息をつき、筆を洗い始める。そしてキャンバスをイーゼルごと隅の方へ押しやり、絵の具箱のふたを閉めた。

バタン。

閉めた拍子に絵の具だらけの雑布が挟まり、流海は気づかないが、林太郎は心の中で、

「いててて。」

と悲鳴を上げた。

流海はタブリエを脱いで、店に出るための白いフリルのエプロンと取り替える。林太郎は母親がタブリエを脱ぐのを見るのが好きだった。あたしの仕事は終わったわ、と言わんばかりに威勢よく、さっと脱ぎ捨てる。その仕草がいかして見えた。タブリ

エの下には、流海が自分で縫った、黒の袖無しのタンクドレスを着ていて、タブリエを脱ぐと真白の二の腕が現れる。林太郎は胸がドキドキした。

それから、二十年もたってから、あの思い出はまるでモノクロの無声映画のようだった、と監督は振り返るのである。

五　船乗り気質

その頃の横浜は、潮風とバタ臭さが入り混じり、その隙を縫うように汽笛が遠くまで鳴り響き、それを聞くと人は旅心を誘われて、何となく切ない気分になるのだった。マリンルックは、流行ではなく制服で、山下公園にはアイスクリーム売りの旗が翻り、中華街はまだ南豆町と呼ばれていて、大層汚く、大変おいしかった。

南豆町と元町の境を流れる川は、深い翡翠色の水を満々とたたえ、飛び込んだら二度と浮かび上がらないという噂だった。

水上生活を営む人々の小船が無数に点在し、行き交い、停泊し、消えていった。橋の下にもまた、もうひとつの別の町があったのである。橋の下の水の都。

そういう橋の中でも、もっとも小さな橋のたもとに、今はなきオリエンタルホテルがいわくありげな風情でひっそりと佇み、川面にゆらゆらと細い影を落としていた。

森太郎は、長い航海から戻ると家には寄らず、オリエンタルホテルに投宿した。ホテルの狭い部屋で荷物を解き、まず林太郎を電話で呼び出す。寄港地からも必ず絵葉書を送り、お土産を買うのを忘れなかった。

ドイツのハーモニカ、スウェーデンの木製の汽車、メキシコの帽子、イタリアの革のブーツなど。どんなに長く離れていても、靴や服のサイズを間違えることはなかった。

ひとしきりお土産で遊ぶと、父子は一緒にお風呂に入り、正装して、ニューグランドへ行っておしゃべりをしながらフランス料理をじっくり味わった。

翌朝、今度は流海に電話が入る。

彼女は生き返った。


流海はすぐにお風呂に入り、体中を磨いて髪を洗う。髪を乾かしてカーラーで巻き、体中に淡い香りのクリームをすり込んで、マニキュアを施し、念入りに化粧する。それから、タンスの引出しから財布を取り出し、町へ繰り出す。林太郎は母親の後からのこのこついて行った。

流海はまず、元町の下着屋に入った。

老舗の下着屋には八角形の大きな試着室があった。八面全面が鏡張りで、床には真赤な絨毯が敷き詰められている。

ある時、林太郎が、試着室の入り口の赤いビロードのカーテンの端から顔を差し込むと、八面の鏡のそれぞれに、角度の異なる自分の顔が映った。にたっと笑ってみた。

流海が、きゃあ、と叫んで、両手で胸を押さえたが、押さえた指の間から、バラ色の繊細なリバーレースが覗いて見えた。

下着が決まると、下着屋の斜向かいの洋装店に入る。

馴染の店長と話をしながら、試着を繰り返すのだが、結局いつも地味な色のスーツを選ぶことになる。色は地味でも、ウエストがきゅっと締まった粋なデザインで、ひざ下丈のタイトスカートが脚線美を強調した。それに、三点セットと称して、夫に会う時以外は大事にしまっておく、黒のハイヒールとクラッチバッグとバックシーム入りのストッキングを合わせた。

普段は、素足にサンダルばきで、ほとんど一年中、着たきり雀だった。流海が自分の着るものを買うのは夫とのデートの前に限られていたことに、林太郎は大人になってから気がつくことになる。

流海は新調した下着と洋服にその身をくるんで、まぶしいほどの美人になって、ハイヒールの足取りも軽く元町のはずれまで行って立ち止まる。そして、脱いだ服の入った紙袋を林太郎に手渡して、にっこり笑って言った。

「おばあちゃんの所にお帰り。」

それから一週間、森太郎と流海は部屋から一歩も出なかった。

夏の朝、山下公園のベンチで、流海は死んでいた。

背もたれにもたれ、目を閉じて両足を斜めに揃えていたが、普段着のワンピースの下には何もつけていなかったし、裸足で、すぐ近くの芝生の上に流海のサンダルが右左バラバラになって転がっていた。

他殺か、と警察は色めきたった。

強姦殺人という言葉も飛び交ったが、司法解剖の結果、死因は心不全。流海の心臓は、右心室に小さな欠陥があり、おそらく生まれつきのものだろう、と報告書には記されていた。

森太郎の乗った船が横浜に帰って来たのは、四十九日も済んだ後である。

森太郎は静かにハマの話を聞き、担当の刑事からも話を聞いた。

『事件性はない。外傷も一つもない。ゆきずりの男と合意の上で関係を結んだ後、心不全により死亡。死亡時はひとりだったと思われる。夜な夜な男を求めてさまよい歩く美女として、港ではかねてから有名だった。』

『ハマヤ』は灯が消えたように寂しくなった。

森太郎は会社を辞め、船を下りて、『ハマヤ』の二階に戻った。そして酒を飲み始めた。

酒量はまたたく間に増えていく。

「流海。」

ある夜、眠っている林太郎の耳元で声がした。

「リューミー、リューミー、リューミー。」

林太郎は目を覚ました。

「パパ、どうしたの。」

「流海に会いたい。」

「パパ、しっかりして。」

「どうしても会いたいんだ。」

「ママは死んじゃったんだよ、パパ。」

森太郎は素面だったが、かっと見開いた目の中は闇だった。ベッドの脇のフロアスタンドの灯りが、森太郎の横顔を大きく引き伸ばして、反対側の壁に写し出している。

「ちょっとオートバイでそこいらをひとっ走りしてくる。林は寝ていなさい。」

林太郎を林と呼んだのは森太郎だけだった。

「パパ、行かないで。」

翌朝、箱根の崖下で、オートバイもろともペチャンコになった森太郎が見つかった。

あの子を残して、とか、後追い、といった言葉が人々の口の端に上り、それは長い間靄のように林太郎を包んでいたが、次第に薄れて、消えていった。

もともとおとなしい子どもだった林太郎は、いっそう無口になり、ハマを心配させたが、口を開くと泣き出しそうになるので口を開かなかったのである。それに、質問したくてもだれにどう尋ねればいいのかわからなかった。

なぜ、ふたりとも死んじゃったの。なぜ？　どうして？

林太郎は自分も間もなく死ぬような気がした。

心のどこかでは、父と母は生きていて、ふたりでオリエンタルホテルに籠っているようにも思われ、時々、事情を知らない人から両親のことを聞かれるとホテルの名前を教えたりした。

再会するたびにハニムーンを繰り返した恋人たち。

ふたりは年をとらない。

六　映画人になる

山手の丘の上にあるミッションスクールは中高一貫の男子校で、大学受験だけでなく、クラブ活動や様々な文化活動にも力を入れていた。

ミッシェル神父と呼ばれていたフランス人の校長先生は、温和で寛大な博覧強記の人物で、『ハマヤ』の客でもあった。学校で使用する文具を『ハマヤ』に注文したのが縁で、ハマがその学校を知り、林太郎に入学を勧めたのである。

両親のいない林太郎が思春期を乗り切ることができたのは、ミッシェル神父をはじめとする教師達のおかげであり、部活の仲間達のおかげだった。

六年間バスケットボール部に所属して活躍したから、仲間達は兄弟も同然だった。

ミッシェル神父は、リヨンの紡績工場の女子トイレに、生まれてそのまま捨てて置かれ、両親の顔も知らず、孤児院と修道院で育ったが、猛勉強の末、大学に進学し、日本に留学まで果たしたという人物だった。

「自分を大切にしましょうね。決してひとりぼっちではありません。友達も先生もいます。神様も見守って下さいます。」

自分の生い立ちを淡々と語る神父にそう教えられると、神妙な面持ちで聞いていた生徒達の心に信仰の火が点った。

ミッシェル神父は生徒ひとりひとりに心配りをしながら、常に快活で、幸せそうに校内を歩き回り、学校全体を守っていた。そして自分と林太郎の境遇を重ね合わせたのか、林太郎によく声をかけてくれた。

ミッシェル神父はまた、大の映画ファンだった。『カイエ・ドュ・シネマ』に寄稿するほどの映画通だったのである。生き字引と言って良かった。パリにいる友人から新作のフィルムが送られてくると大喜びで、視聴覚室に白い布を垂らして上映会を開催する。林太郎がそこで初めて見たのが、フランソワ・トリュフォー監督の『突然炎のごとく』だった。

ジャンヌ・モローのとりこになった林太郎は、映画を作りたくなった。その志をミッシェル神父に話すと、神父は喜んで賛成し、映画関係の本を何十冊も貸してくれた。そのうちの一冊の、ロベール・ブレッソン監督のエッセイを読んで、監督になろうと心に決めた。

神父は、ブレッソン監督はフランス映画史上最も重要な監督であり、彼にひかれるのは有望な証拠だと言って、パリから資料を取り寄せてくれた。それは全部フランス語だったから、林太郎は辞書と首っ引きで読まねばならず、それでもほとんど理解できなくて、神父に教わりながら少しずつ読み進めるしかなかった。

店の手伝いと部活の疲れでへとへとだったが、神父がはりきっているので止める訳にもいかず、林太郎は眠い目をこじあけなんとかついていった。

神父は、映画を作るのに大切なことは、三つだけだと教えてくれた。

まず、起承転結のはっきりした話を作り、その中に、観客をあっと驚かせるポイントを二ケ所、こしらえること。

次に、はまり役となる俳優が見つかるまで探し続けること。

そして、カメラワークは、我々がいつも世界を眺めているのと同じように、自然になるよう心がけ、クローズアップは、できるだけ使わない。

フランスの映画史と理論、ミッシェル神父の熱意と持論、そのすべてが林太郎の中に流れ込み、のちの仕事の基礎を作った。

あとは主題の発見で、それは林太郎の生き方にかかっていた。

マリリン・モンローには会えなかったが、ジャンヌ・モローには会えた。初めてスクリーンで彼女を見てからおよそ三十年後、ベルリンの映画祭でばったり顔を合わせたのだ。真赤なドレスのジャンヌ・モローは意外なほど小柄で、チェーン・スモーカーで、笑うと少女のようにあどけなく、人生を自分の力で切り開いてきた人に特有の、渋い色香にあふれていた。

林太郎が、東京の大学の映画学科に進み、そこを卒業する間際、ハマが世を去った。病気と診断されてから一カ月だった。

一か月だけでもつききりで看病ができて良かった、と林太郎は思った。パパやママほど突然じゃない。

ハマは昏睡状態になる前にこう言い残した。

「あまり悲しまないでね。私は充分生きたのだから。向こうで夫に会うのが楽しみなの。流海と森太郎にも会いたい。ダニーやアランもいるかしら。林太郎は何も心配しないで自分の道をまっすぐに進むのよ。」

ハマは、店を知り合いの女性に売り渡し、滞りなく営業を続けられるよう手筈を整えておいた。林太郎の知らない間に、店内を清め、商品を補充し、酒は飲みさしのボトルの裏に新しいボトルを置いて二重にし、カウンターの内側に店の見取り図を書いて貼ってあった。商品の置場所、仕入れ先、愛用者名など、細大もらさず書き込まれた見事な一覧表で、後継者である女性はそれを見て、思わず手を合わせたそうである。

林太郎の手元に残ったのは、三枚の絵と、一冊の貯金通帳。

流海の花の絵の数々も、森太郎の海での仕事も、ハマが生涯を捧げた『ハマヤ』も、一切合切、金銭に換算されてその中にあった。

何というむなしさ。

林太郎はやりきれなかった。

悲しくて寂しくて辛くて、ただ港を歩き回った。一週間歩き回り、二週間歩き回り、歩くのを止めた。

映画会社の入社試験が迫っていた。

テレビの普及により、映画産業は斜陽だと言われてからすでに久しかった。映画会社は倒産したり、かろうじて倒産は免れても入社試験を実施できなかったりで、願書を出すのも困難だったが、林太郎は運良くそのうちの一社に合格。ただし、大道具係として。

それでも大喜びだった。

入社してわかったことは、とにかくシナリオを重視する会社だということだった。映画作りの苦労は脚本作りの苦労であり、脚本さえ良ければ成功したも同然と言われている。

映画監督はシナリオが書けなければならない、という社訓があり、それは創立者の持論だったので、大道具であれ小道具であれ映画作りを志す新人にはシナリオを書かせてみよう、という方針だった。

たまにそういう中から本当に書ける人材が出て来ることもあり、寄ってたかってしごかれて、脚本家として、また監督として、成長していったのである。彼らは『大船育ち』と呼ばれた。一色林太郎監督は、その最後のひとりになる。

『大船調』という言葉もあった。庶民のつましい生活の悲喜こもごもを明るく優しく丁寧に描く手法で、それが人気の秘密だった。

林太郎は、入社後まもなく、『大船調』こそ自分のあこがれだったと気がついた。一家団欒。家庭の味。学校や職場でそれぞれに苦労をしていても、帰宅してちゃぶ台を囲み、お茶を飲み、みかんをむいて、四方山話に花を咲かせる。雪見障子を開ければ、ささやかな庭が夕闇に包まれ、一日が終わる。

それはまさしく、林太郎の夢だった。

何気ない、普通の暮らし。

林太郎が入社した翌年、洋画の興行収入が邦画全体の興行収入を上回った。会社には悲観論者が増え、やる気をなくした者もいた。

だが、林太郎は希望に燃えていた。

いっそ横浜のアパートを引き払い、会社の近所に住むことにしようか。

七　自然の鳥籠

林太郎は会社の行き帰りに大船を散策して回った。目的はアパート探しだったが、北鎌倉や鎌倉にまで足を延ばしているうちに、いつしか、自然の素晴らしさに惹かれていった。

とりわけ樹木の多さ、緑の豊かさに心を打たれ、生き返ったような気分になった。横浜の港の喧騒しか知らなかったので、寺や神社の多い古都鎌倉は物珍らしく新鮮で、気持ちが休まるのだった。

海が近く、川が流れ、山も多い。

撮影所の近辺よりも、鎌倉のはずれの山間のような場所が気に入った。深山幽谷というほどではないが、奥へ奥へと分け入って行くと人家はまばらになり、緑が濃くなり、鳥のさえずりが体に染み透る。

ある日、不思議な家を発見した。

その家は、小屋と呼んだ方がふさわしいほど小さく、まるで西行か兼好法師が結んだ庵のようだ。茅葺き屋根で、竹で編んだ連子窓や濡れ縁があり、茶室のようなたたずまいである。

庭は広い。何軒も家を建てられるほど広いのに、その広い庭中が草ぼうぼうで、そこに陽がさんさんと降り注いでいる。

庭と草を眺めているだけで、胸が温かくなってくる。あんなにさんさんと陽がさしていたら、地面もきっと温かいだろうと思い、林太郎はうっとりした。地面の下には虫がいて、それを知って鳥が集まってくるだろう。

庭の端に、桜の大木が一本、気持の良いほど存分に枝を広げて立っている。よく見ると、南側の枝が斜めになって、その先が下の方にたなびいている。回って見てみると、小川が流れていた。春になると川面に届かんばかりにみっしりと花が咲くのだろう。川に散る桜は、どんなに素晴らしいか。

川沿いに歩いて行くと、獣道のような、草を踏み分け踏み固めただけの遊歩道があり、その家の周囲を一周できるようになっていて家屋敷は三方を川に囲まれていることがわかった。少し離れて見ると、そこは離れ小島のようでもあり、裏には山が迫っている。梅と柿と藤棚と、栗の木もある。細いが、形の良い欅まであった

その家が忘れられず、会社帰りにまたもや庭を覗いていた時、林太郎の後で声がした。

「おじさん、この家買うの？」

振り向くと、小学校四年生位の男の子が、虫籠を斜め掛けにして手にたも網を持って立っていた。

「この家、売ってるの？」

「うん。何年も前から売りに出てるよ。」

「へぇ、それじゃ、買おうかな。」

少年は目を丸くして、まじまじと林太郎を見つめた。そして、頭のおかしいおじさんと思ったのか、気味悪そうに一歩、後退りした。林太郎はあわてて尋ねた。

「君、近所の子？」

「うん。」

少年のスポーツ刈りにした頭には、クモの巣がくっついている。晩秋だというのに、半袖の白いTシャツに紺色の半ズボンという姿だった。

「どこへ行けば買えるか知らないかな？」

「大船駅前の小畑不動産。」

「ふうん、どうもありがとう。」

少年は背いたかと思うと走り去った。ザザザザ、と枯葉を踏む音がして、すぐに消え、もとの静けさに戻った。背の高い草が何事もなかったみたいに一斉に首を傾げて立っているばかり。

人間の子だったのかな、タヌキかキツネの子じゃないのかな。

林太郎はその家屋敷を買った。

引越がすむと、もうその年も暮だった。

林太郎が草むしりをしようと思って軍手を嵌め、外に出ると、枝折り戸の前に子どもが数人たむろしている。

「あっ。」

と声をあげたのは、タヌキかキツネかと思ったあの少年だった。

「僕達、まだ中に入ってないよ。」

叱られると思ったらしい。林太郎はうれしくなった。

「やあ。この間は世話になったね。」

子ども達の緊張の解けるのがわかった。

「おじさん、ここ、本当に買ったの？」

「うん、買ったんだ。」

子どもは四人いたが、皆怪訝そうな顔をしている。林太郎はまだ二十四歳なのだった。

「僕、泥棒じゃないよ。大船の映画の会社で働いているんだ。この家は僕の両親とおばあちゃんが買ってくれたんだよ。」

あの少年がにっこりした。家が売りに出ていた間、庭は彼らの格好の遊び場になっていたようだ。彼らにしてみれば、林太郎の方が闖入者なのだった。

「いつでも中に入って遊んでいいよ。」

それは第二の子ども時代の幕開けだった。

彼らは遊びの天才で、林太郎を仲間に入れてくれたのである。林太郎はそれまで川遊びなどしたことがなかった。

川には、鮒やザリガニやモクズガニがいた。

黒い小さな巻き貝が川底にたくさん落ちているので拾うと、それは『カワニナ』といって、蛍の幼虫のエサだから拾ってはいけない、と大介君にたしなめられた。大介君はグループのリーダーで、ひとりだけ五年生で、昆虫博士だった。

「あっ、天然のカルガモ。」

と林太郎が叫んだ時、

「天然じゃなくて、野生。」

と訂正してくれたのは正太。四年生の正太は、タヌキどころか、数十種の鳥の鳴き声を聞き分ける鳥博士だった。

「カルガモは、僕らが生まれるずっと前からこの川に生息しているんだよ。毎年春にはヒナがかえるよ。ある日、ひょっと川を見ると、カルガモの親子が一列になって泳いでるんだ。ちゃっかり親の背中に乗ってるヒナもいるよ。」

待ち遠しい春が来た。

正太が教えてくれた通りの光景を見て、林太郎は感激した。川には白サギや青サギも飛来した。カワセミもいた。

「ほら、あれだよ。」

健一君や守君が指さして教えてくれても、あまりにも速すぎて林太郎にはわからない。

すると、正太が、ピーと口笛を吹いた。その途端、チーチーピー、と返事をして、青い鳥が飛んできた。

「ほら、あれだよ。」

「なんてきれいなんだろう。」

「飛ぶ宝石と呼ばれてるんだ。」

正太は、林太郎を家敷の裏側に案内した。

川の上流の方に、カワセミが止まる枝があるという。両岸に木が茂り、その細い枝々が水の上にトンネルのように覆い被さっていた。

杉の木の陰に正太とふたりで隠れた。

顔がくっつくほど身を寄せて息をひそめていた。

正太はおひさまの匂いがした。

カワセミが来た。

スズメよりひと回り大きく、背中は青緑でお腹はオレンジ色。目の醒めるような鮮やかな色だ。くちばしが長い。

とっぽん、と音がして、あっ飛び込んだ、と思ったら、もう魚をくわえている。そして、ジタバタしている魚を石に打ちつけておとなしくさせてから、上を向いてそれを頭から丸飲みした。

「おじさんの庭、鳥たちは大好きだよ。ここは自然が作った、最高の鳥籠なんだ。鳥たちは毎朝ここに集まって、ここはいいところだね、うれしいね、うれしいねって、みんなで鳴いてるんだよ。」

八　谷戸の空

「はじめまして、正太の母です。」

鎌倉の駅前にある書店で鳥類図鑑を買い、段葛をブラブラしていた林太郎は、八幡宮の方から歩いてきた女に挨拶をされ、どぎまぎした。

きれいな女だった。

花の散った桜の枝が、その白い顔に影を落としている。影のせいか目の色が紫色に見えた。林太郎が返事をしないので、その紫色の目でじっと見つめている。林太郎には、どうしてもそのきれいな女性とあの正太が結びつかないのだった。

「は、はじめまして。」

その人が微笑むと、真中がうねった魅惑的な唇の間から歯がのぞいた。

「いつも正太がお世話になりまして。」

「いえ、世話になってるのは僕の方です。」

「しょっ中お邪魔しているみたいで、御迷惑ではないのでしょうか。」

「みんな良い子ですから。」

「本当に?」

「僕、教わる事ばかりです。こっちへ来て一年になりますが、正太君達のおかげで寂しくありません。」

なぜそんなことを言うのか自分でもわからなかった。


「おひとり暮らしですか?」

それは、扉を開けてしまった、というふうな感じのする質問だった。女優になれるな、と林太郎は思った。間のとり方がうまい。

露骨ではないが、色気もある。相手を素直にさせてしまう、懐の深さもありそうだった。

「はい、ひとりです。身内を全員失くして、それで横浜にいるのが辛くなって。」

「そうでいらっしゃいましたか。ぶしつけな質問なんかしてごめんなさい。」

「いいえ、こっちに来て良かった。僕、鎌倉が大好きになりました。」

「一色さんのお宅の辺りは、特に鎌倉の良さが残っています。小川に囲まれてしいんとしていて、谷戸の空は野鳥の楽園だと、正太が申しておりました。」

「谷戸の空?」

「御存じないの?　あそこは昔からそう呼ばれてます。谷の戸の空と書きます。」

「ふうん。由緒ありげだなあ。」

「川端康成さんの命名らしいわ。」

「ええっ。」

「真偽のほどはわかりませんが。」

「なあんだ。」

「でも、一色さんのお住まいが、その昔、川端邸の離れだったことは確かよ。」

「離れかあ、道理で小さいと思ったよ。」

正太の母は、くすくす笑った。

「川端さんは鎌倉を転々となさったみたい。あのお家に住んだのも短い間だったらしいけど、でも、母屋は老朽化して取り壊されたけど、あの離れは壊せなかったんだと思います。あんまり素晴らしい造りだから。数寄屋造りと言うのよ。多分。」

「ふうん。」

「昔は、離れにこそ贅をつくしたのよ。」

「へえぇ。」

「とても木口の良いお家で、小さな小さな掃き出し窓があるでしょう?」

「よく知ってますね。」

「建てた人を知ってるの。腕のいい大工さんです。もう亡くなりましたけど。」

「なるほど。」

林太郎は、初対面の女と長々と立話をしている自分に驚いていた。

「なぜ、僕のことがおわかりになったんですか？」

「さっき銀行でお名前を呼ばれていらしたわ。珍しいお名前だし、それに、」

「何です？」

「正太達がつけたあだ名にぴったり。」

「どんなあだ名？」

いくらしつこく問い糺しても、正太の母は口を割らなかった。

話が途切れた。彼女は、信じられないものを見るように、あるいは、最も信じられるものを見るように、林太郎を見つめていた。

それから、ふたりとも黙ったまま、葉桜のトンネルを抜け、段葛のおしまいの二の鳥居まで並んで歩き、そこで別れた。

正太の母の後ろ姿に、林太郎はしばらく見とれていた。紺色のセーターに灰色のスカート、黒いタイツに黒いハイヒール、茶色のかご。どうということもないスタイルなのに、どこか垢抜けている。足さばきの美しさが、流海を思い起こさせた。


林太郎はふと思った。

脚本を書いてみようか……。

会社はその頃休業状態で、次の作品が決まるまで自宅待機を命じられていたのでちょうど良い。時間はたっぷりあった。


大介君と健一君と守君から少しずつ聞き出した情報をまとめると、どうやら正太の父親は病気で亡くなっていて、母親とふたりきりの生活らしい。林太郎はそれを知って、少し喜び、喜んだ自分にとまどった。正太のかあちゃんは、よくお寺に行くよ、と守君から教わったので、おそるおそる正太におかあさんはどの寺が好きなのか尋ねてみたりした。

「この季節は成就院だよ。かあちゃんは、波子という名前で、だから海が好きなんだ。」

正太は、にやにやしている。

成就院は、江ノ電に乗って極楽寺で降り、長い石段を登り切った山の上に立つ、こじんまりした禅寺である。

六月の梅雨の晴れ間の午前中、林太郎がその階段を上って行って、肩で息をしながら門をくぐると、そこに本当に波子がいた。

「あら。」

「やあ。」

波子は縁台に座わっていたが、体をずらして、林太郎が座わる場所を作ってくれた。

隣に腰をおろすと林太郎はほっとした。

会いたい会いたいと願っていたので、このまま時が止まれば良いのに、と思った。

その時、

「こりゃなんとお似合いの御夫婦じゃろう。絵に描いたようじゃなぁ。」

素頓狂な声がした。杖をついたおじいさんが、曲がった腰に手を当てて伸ばしながら、ふたりを見てにこにこしている。

「こりゃなんと、失敬、失敬。」

おじいさんは、再び体を折り、杖をついて歩き出した。ふたりとも困ってもじもじしていると、門の外で声がした。

「こりゃなんと良い景色じゃろう。絵に描いたようじゃなぁ。」

林太郎と波子は顔を見合わせ、吹き出した。

門の右に広がる光景はまさしく絶景だった。

寺は、かなり高い所にあるのだった。

百八段の石段は、ゆるやかに弧を描き、その両側は満開の紫陽花の行列。石段を下りきった所は小さな墓地。その向こうの海は由比ヶ浜。白い波頭が、手をつないだみたいに横並びになったまま、寄せては返し、寄せては返し、そのたびに波打ち際の砂の色が濃くなったり、薄くなったりしている。

左側には民家の屋根が連なり、その間から煙がひとすじ立ち昇っていた。

空はまっさお。

上空は濃い青だが、下の方は次第に薄くなって、水平線は白く輝いている。海の青は、空の青まで映しこんで、インクのように濃い。

時折大きな波が立ち、空と海の仲をとりもっているようだ。

紫陽花の群れは、紫という色の多情さを見せつけている。青紫、赤紫、濃紫、薄紫。その背後は緑の洪水だった。新緑を過ぎてひときわ濃く、滴るような木と草の夥しい緑、緑、緑……。

この世のものとは思えない位、きれいだなあ、と林太郎が心の中で感嘆した時、隣で波子がつぶやいた。

「神様が描いた絵だわ。」

九　波子

　時々待ち合わせては、ふたりで鎌倉の散策を楽しむようになった。

鎌倉の寺は、建物はもちろん、庭園までもが芸術作品である。十年近く鎌倉に住んでいる波子が林太郎を案内したが、ふたりの趣味はほぼ一致し、お気に入りの寺は大体一緒だった。

歩きながら、ありとあらゆる話をした。

波子は、問わず語りに自分のことをうちあけるようになった。

京都生まれの京都育ちで、ひとりっ子。子どもの頃、両親を交通事故でなくし、養護施設で過ごしたという。中学を卒業するとすぐ施設を出て、住み込みのお手伝いさんになった。

生来、陽気な性分で、かなり楽天的だが、ひねくれそうになった時期もあったそうだ。

劣等感を克服するため、図書館を利用して様々な分野の本を読み漁り、勉強をしたという。波子は、林太郎など足元にも及ばない、大変な読書家だった。

音楽が好きで、ピアノを独習し、モーツァルトのソナタを何曲か演奏することができた。

水彩画を描き、二、三日会えないとすぐ、ふたりで行ったばかりの寺の絵を葉書に描いて送って寄越した。

また、ミッシェル神父も顔負けの映画通だったのである。

フランスの名女優、エドヴィージュ・フィエールの名を林太郎は初めて知った。三島由紀夫が最も愛した女優だということも。波子は、ロベール・ブレッソン監督の全作品を鑑賞していた。林太郎は舌を巻いた。リヨンに戻って大学の学長を務めているミッシェル神父に波子をひき合わせたら、どんなにか話が弾むだろう、と想像した。

「秀れた映画は人の心を強く揺さぶるわ。」

波子はそう言った。

「現実には自分では経験していないことでも、映画を見て、主人公を通して経験してしまい、知らなかった昔には戻れない。愛や憎悪、裏切り、悔恨、そういった、何か特別な強い感情を掘り起こしてしまうの。予算は関係ないわ。人の心を揺さぶるきっかけは物ではなく、感覚よ。低予算でも良い映画は作れるはず。ここに、こんな生き方をしたひとりの人間がいた、という確かな手応え、それが映画の命なの。そういう主人公を忘れることなんか、できない。」

知り合ったのは葉桜の頃だったが、季節は巡り、夏が過ぎて、やっと暑さのおさまるお彼岸が近づいてきた。

波子が朝顔の絵葉書を送って寄越した。

『庭の最後の朝顔よ。絵に描いて、この清清しさをとっておこうと思いました。波子』

林太郎は流海の口癖を思い出した。

「一色流海さんの、息子さんなの？」

次に会った時、母のことを話してみると、驚いたことに、波子は『花の画家・一色流海』を知っていたのである。

「知る人ぞ知る、伝説の画家だわ。ひところ美術雑誌でお名前をよく見かけたわ。作品を拝見したことはないけれど。」

「家に三枚あるよ。見に来る？」

「本当？」

波子の頬が喜びに赤く染まった。

十月の初めの雨の午後、波子は七分袖でふくれ織りの墨色のワンピースを着て、青い傘をさしてやって来た。林太郎が他人を家に招じ入れたのは、それが初めてだった。

波子はソファに座わり、長い間絵に見入っていた。

山下公園のインド水塔の下から大桟橋埠頭を描いたF二十号の絵と森太郎の顔を描いた三号の小品。

「海の男の魅力が描き尽くされてる。お母様は、本当にお父様のことがお好きだったのね。」

そうかもしれない、と林太郎はうなずいた。

「父は普通の生活ができなかったんです。海か、母か、どっちかでした。」

「海か、母か?」

「きっと父にとって魅力があるのはそれだけだったんだ。一年のうち大半は海で、残りは母。」

「すごい女の人ね。」

「すごい？」

「だって、海とつり合うほどの魅力の持ち主なんでしょう？」

「母は変人ですよ。」

「ちがうわ、画家なのよ。」

母の死に方は波子にも言えなかった。

だが、この時、林太郎の心の中の、一番奥にあった固いしこりがふっとゆるんだ。

海とつり合うほどの魅力の持ち主ならば、夜な夜な男を求めて港をさ迷い歩いても、不思議ではないのかもしれない。

「ゴッホの絵に、ちょっと似てる。」

「母はゴッホのファンでしたから。」

「そう。」

「ゴッホ、お好きですか。」

「ええ、大好きよ。ゴッホは狂気の画家なんて呼ばれてるけど、本物をよく見ると、洗練されててシックだわ。」

「展覧会にはよく行くの？」

「たまにね。あ、ゴッホの自画像が来た時は、会期中に二度も行ったわ。だって、涙が出てきてよく見えないんだもの。」

「涙？」

「ゴッホが画家として生きていく、と決めた頃の自画像なの。だから希望でいっぱいなのね。一筆一筆に祈りが込められていて、それが今でも絵の中に残ってるのよ。だから絵の前に立つと涙が出てくるの。どうしても泣けてきちゃうのよ」

「珍しい人だなあ。」

だが、流海も似たようなことを言っていた。

「もう一枚はあっちです。」

残る一枚は、ハマの肖像画で、お守りとしてベッドの枕元に飾ってあった。

「お若いのね。」

「これは四十代かな。」

「優しそう。」

「祖母は働き者でした。」

「素晴らしい人だったのね。」

そうです、と言おうとして涙声になりそうなので口を噤《つぐ》んだ。そんな林太郎を見て
波子は優しい声で言った。

「よほど、おばあちゃん子だったのね。」

すべてお見通しだ、と思い、林太郎はとろけそうになった。

「お母様は花の絵が御専門と思っていたけど、そうではないのね。」

「この三枚だけが例外なんです。」

波子は黙って何度もうなずいた。

家族のことを聞かれるのが苦痛だから、この三枚を手元に残したのかもしれなかった。


部屋の中が冷えてきた。

雨が激しくなった。

「このお部屋も海みたい。全部青なのね。」

見ると、波子は両の脚を組み替えてすり合わせている。素足だった。

温めてあげなくちゃ、と林太郎は思い、波子の方へ歩み寄った。波子が林太郎を見上げた。その拍子に唇がわずかに開いた。

ふたりはひとつになった。

十　蛍火

ふたりの仲は、だれにも知られることはなかった。谷戸という場所のせいかもしれない。

後ろが山で、行き止まりなので、日が落ちれば通る人はいなくなる。谷戸の夜は、鼻をつままれてもわからないほど暗い。

一方、正太は八時にはには眠くなり、眠れば朝まで起きない子どもだった。

約束の夜は、林太郎が途中まで迎えに行く。波子と正太の家から林太郎の家まで、急げば二十分で着く距離だった。ちょうど中間の大通りで落ち合うことが多かった。

そこから林太郎の家までの道は細く、いくつか小さな橋を渡る。

梅雨の前ぶれのように、五月の末、橋の下を流れる川に蛍が舞い始めた。日没からおよそ一時間後、川岸の草むらから、蛍はお尻に灯をともして上がってくる。上がったと思うと斜めに飛び、飛んだと思えばふと消え、淡い黄色の小さなぼんぼりが行き交う。川はこの季節、蛍の独壇場になる。頼りなくてあやうい、夢のような舞台。

夜も八時頃になると、蛍は上の方へせり上がり、竹藪は巨大なクリスマスツリーのようになる。電飾の光とは違い、ささやかで、はかなくて、迷いさざめいてかすんでしまいそうな、切々と胸を打つ、光の数々。

花火大会の最後に打ち上げられる、しだれ桜に似た大型花火の、ドン、と上がって、パッと開いて、スーと落ちていく光の消え入りそうな点線の、その点々のひとつひととつ。あれが最も蛍火ににている。

波子と一緒だから、うれしさもひとしおだった。


またしばらくすると蛍は下へ降りて行く。

そうして、草むらに隠れ、灯りを消して眠るのだ。


六月に入ってすぐの、それまでになく蛍がたくさん飛び交う夜、林太郎が橋の近くまで行くと、蛍をかきわけて波子が現われ出た。

林太郎は涙が出そうになった。

蛍の灯りで、波子が浴衣を着ているのがわかった。藍色の浴衣に朱の帯を結んでいる。蛍は波子のまわりに集まって波子をとり囲み、波子の形になって浮かんでいた。

灯りがひとつ、すーっと尾を引いて浴衣のたもとに入って消えた。また光った。それは浴衣の目の粗い生地を透かして輝いている。

波子の乳房の形が浮かび上がった。

「たもとに、蛍が。」

林太郎が指さすと、波子は右のたもとを見、左のたもとを見、蛍を見つけて、

「お家にお帰り。」

と、たもとを開けて蛍を放した。

林太郎は波子で女を知って幸せだった。


厳しい夏の暑さも、仕事の失敗も、底冷えのする冬の日々も、波子との逢瀬を指折り数え、待ち焦がれることによって、乗り切ることができた。

仕事が立て込んで、ひと月近く会えなくても、波子は、決して疑ったり責めたり文句を言ったりはしなかった。

言葉の綺麗な女だった。

だから、林太郎も、出会った頃と変わらぬ優しさで波子を支え、大切にした。

そして、もしこれ以上の幸せがあるならば見せてほしいくらいだ、と思い、思ったそばから、いいや、こんな幸せが、このままいつまでも続くはずがない、と思い直した。

そうなると、結婚、ということになるのだろうか。正太の手前もあり、男として、きちんとケジメをつけるべきなのかもしれない。


しかし、父と母のことを思うと、自分は、結婚は、したくなかった。

あんなに愛し合っていたのに、結婚して駄目になったふたり。

小学生のうちに母に死なれ、父に死なれ、結婚生活の難しさを思い知らされて、自分はおとなになって好きな人ができたとしても、金輪際、結婚なんかするまい、死ぬまで独身を貫くのだ、と子ども心に誓ったはずだ。

それなのに、波子と出会った。
かわいい波子。
優しい波子。
波子なしの人生なんて考えられない。
波子なしでは生きていけそうもない。

両親の姿から、形式が恋を壊した、と思っていたが、今や、林太郎の恋は、形式を求めてさまよっていた。

その夜は、出会ってから三度目の三月の末、桜への期待が大気に溶け込んで、だれもが艶っぽい気分になりそうな朧月夜だった。どこからか、ピアノの音が風に乗って運ばれてくる。
ふたりは夢のように愛し合い、陶酔した。

林太郎はいつの間にか眠り込んだらしい。

薄目を開けると、波子は、ベッドの端に向こう向きに腰掛けて、白いスリップの上から白いセーターを被っているところだった。

花嫁の色だ、と林太郎は思った。

夫婦になって、死ぬまで愛し合いたい。

これほど一様に、疑いもなく、混じり気もなく、ひとつの強い感情に満たされたのは初めてだった。

「結婚して下さい。」

波子は振り返るや、思い切り両腕を伸ばして林太郎にしがみついた。

「三人で暮らそう。」

「本気なのね。」

「本気だとも。」

「正太も喜ぶわ。」

「正太はうちが好きだからね。三人で住むにはちょっと狭いかなあ。」

「正太にお父さんができるんだわ。」

「僕は正太が大好きだよ。あの子は本当に良い子だ。あんなに良い子の父親に、インスタントでなれちゃうなんて、ラッキーだなあ。」

「インスタント？」

波子は林太郎の首を抱いたまま、さざ波のように笑った。

「私はね、子どもの頃から子ども好きだったの。たくさん子どもが欲しいって、ずっと思っていたのよ。」

「ふうん。」

「あなたの子どもが、欲しいわ。あなたの子どもなら、きっと、どんなに良い子だろうって、ずっと考えていたのよ。」

「僕の子ども?」

「そうよ、子どもほどおもしろいものはないわ、子育てほど楽しいことはないんじゃないかしら?」

「それは、正太と遊んだからわかったよ。正太は、素晴らしいよ。素直で、賢くて、思いやりがあって。」

「ありがとう。」

「だから、正太の父親になれると思うし、なりたいと思う。」

「うれしい。」

「その前に、あなたのことが好きだから。こんなに人を好きになったことないんだ。」

「うれしい。」

「だけど、」

「なあに?」

「自分の子どもは欲しくない。」

「どうして。」

「嫌なんだ。」

「子どもは可愛いいわよ。」

「正太がいるじゃないか。」

「あなたの子が欲しいんだもの、あなたが好きだから、あなたという人を心から尊敬しているから、だから、あなたの子どもが欲しいのよ。」

「僕の子どもなんか」。

「あなたの子どもは、きっと、すごく良い子よ。私にはわかるの。きっときっと、本当に良い子よ。」

「僕は子どもを悲しませたくない。」

「私は子どもを悲しませたりしないわ。」

「そんなことわかるもんか。」

「なぜ？」

「先のことなんかだれにもわかりゃしないさ。」

「それはそうかもしれないけど、だからこそ子どもを育てるのよ、子どもは希望よ、私、正太がいたからがんばれたんだもの。」

「正太は、僕も頼りにしているけど……」

波子は、林太郎の首に回していた両手を離し、居ずまいを正して向き合い、まっすぐに目を見て言った。

「あなたの子なら、男の子でも女の子でもどっちでもいいの。どっちにしても、良い子に決まっています。だから、ふたりでも三人でも欲しい。どうしても、あなたの子どもを欲しいと思っています。」


ついさっきまで、女そのものだった波子が、いきなり母親の顔になり、居もしない子どもに執着している。

林太郎は怖くなった。

「冗談じゃない。ふたりでも三人でもだって？　ひとりだって嫌だ、僕の子どもなんか、絶対に見たくない、絶対、絶対、絶対、嫌だ。」

十一　風の便り

歳月は、矢のように過ぎた。

林太郎は、二十年余り、夢中で映画を作り続けた。

発案から企画、脚本作り、人選、演出、撮影、編集、そして音をのせて全体を整えるところまで、すべてに関わって仕事をした。人手が足りなかったせいもあるが、好きで打ちこんだのである。いつのまにか、化粧以外は何でもできるようになっていた。

大ヒットはなかったが、低予算でかなり上質の作品を当たり外れなく作ることができ、ファンに喜びと安心を約束し、一色林太郎の名前は次第に広く世間に知られるようになった。

独身の気楽さから、寝食を忘れて仕事に没頭し、たまに体をこわすこともあったが、作品が完成した時の喜びが、すべて帳消しにしてしまう。

撮影所の試写室で、できあがったばかりの作品が初めてスクリーンに映し出されると、監督は毎回、涙にくれる。暗闇の中なのでだれにも見られないはずだが、スタッフの間ではいつしか有名になってしまった。だが、その涙の成分はだれも知らないだろう。

もちろん、感激の涙である。

達成感で胸がいっぱいになるのだ。

そうして、必ず、祖母と母と波子のことを思い出す。

会社は年々経営が悪化して、何とか立て直しを図ろうと構造改革に着手したが、経営陣にその力はなかった。撮影所と配給会社を分けてみたものの、配給の仕組みを改良するに至らず、撮影所では良い作品を作り続けていたにも関わらず、経営は行きづまり、ついに立ち行かなくなった。

経営陣までが職人気質だったことが致命傷だった。夢工場と言われた撮影所も、数字に強い人材が資金面を管理できなければどうにもならない。

撮影所は六十五年の歴史に幕を閉じた。

林太郎は、独立してフリーになった。

前途は多難だったが、やる気のあるスタッフがついてきてくれると言い、スポンサーも見つかった。

それからまた一段と多忙になり、東京でのホテル暮らしを余儀なくされて、月に二、三度鎌倉の自宅でくつろぐのだけが楽しみになっている。

谷戸は湿気が多いので、家はもうボロボロだが、補修に補修を重ね、何とか住める感じである。

庭は昔のまま。

年に二回、庭師に手入れを頼むだけで、他は何もいじらない。正太が、ここは自然が作った最高の鳥籠だと言ってくれたから。

野山を駆けずり回って群れ遊びをするような子どもはいなくなった。川遊びをする姿を見かけることもない。

それでも春になると、カルガモがヒナをしたがえて一列になって泳ぎ、五月の末には、蛍が舞う。迷い蛍が庭に入ってくると、監督は、あっ、波子かな、と思う。

カワセミを見ることもある。

桜の木は、すっかり老木になったが、毎年忘れずにちゃんと花を咲かせる。

数年前、大船の駅ビルの前で、監督は大介君とばったり会った。大介君は、大学を出て大手電機メーカーに勤めているという話だったが、監督を見るなり、
「おじさん、全然変わらないね。」
と笑った。

そうかもしれない。少年時代の夢の続きを生きてきただけだから。

しかし、神父との約束がある。

先月、ヨーロッパを回った時、一番おしまいにニースまで足を伸ばして、ミッシェル神父を訪ねてきた。

ニースの町はずれに建つ老人ホームは、赤い屋根に白茶けたレンガの二階建てで、

中庭には杏や桃の果樹園が広がり、あたり一面草花が咲き乱れ、丸い池の中央では、古い大理石で作られた噴水から高く水が噴き上がり、空中でいったん静止してから、ゆっくりと、涼し気に、華やかに、水しぶきを散らせていた。

介護付の施設に入居した、と聞いていたので、さすがの神父も九十歳を超えたのだから、やはり寄る年波には勝てず、きっと今は、手厚い介護を受けているのだろう、と思い、おそるおそる訪ねて行った。

ところが、彼は、髪の毛こそ失くなったものの、かくしゃくとして、肌の色艶も良く、相変わらず上気嫌で、皆の面倒をみていたのである。

最期を迎える者がいれば、その枕辺で祈り、思い出話に耳を傾け、わだかまりを解き、恨みがあればその元を辿って打ち砕き、悲しみを薄めて押し流し、喜びを呼び醒ませるよう、心を尽くしていた。

神父は、玄関ホールの入り口に監督の姿を認めるや、すごい速さで駆け寄って、

「コングラチュラシオーン、リンタロー。」

と叫び、両手を広げて、彼を抱き締めた。

実に、三十年ぶりの再会だった。


白いエプロンを掛けているスタッフ達も、車椅子の上の病人も、窓から中を覗いていた庭師も、みんな笑った。

「皆さん、この日本人の映画監督は、私が育てたのです。」

まったくもって、それは正しかった。


陽の光が奥の方まで斜めに射し込む広い、明るい石造りの回廊を、肩を並べて歩きながら、友人達の消息を語り合い、遠い昔をなつかしみ、どちらからともなく、幾度

となく、手を握り合った。

さらに一層、陽が傾いて、とうとう別れの時が来ると、最後にもう一度抱き締めながら、神父は言った。

「思い切って、冒険を、しなさい。もう、遠慮はいりません。その時が、来たのです。批判を怖れず、リンタローの世界を作りなさい。わかりますか。冒険、できますか?」

「できます。」

舟乗りだった祖父と父の、冒険者の血が流れているではないか。

また、受賞記念パーティの席上、イタリア人のプロデューサーから、

「一色監督の作品は、どのショットも、陰影が見事で、絵画のように美しい。」

と讃えられたが、それが才能であるならば、それは、流海から受け継いだ才能に違

いなかった。

飛行機に乗っても、抱き締められた時の神父の掌の感触は背中と肩に残り、消えなかった。

今も消えていない。

先頃、監督は何十年ぶりかで虫歯になり、小町通りの歯医者へ行った。

待合室で、そこに置いてあった週刊誌を何気なく手にとり、めくっていたら、見開きのグラビアの『京のおかみめぐり』というページに、波子が出ていた。

監督はびっくりして週刊誌を閉じた。

それからもういちどそっと、開いてみた。

波子は、あまり変わっていなかった。

古里の京都にいつ戻ったのだろう。

もう五十を過ぎただろうか、何だかひどく落ち着いて、枯葉色の着物がよく似合っている。

どうやら、嵯峨野の老舗旅館の女将として充実した毎日を過ごしているらしい。

涼しい目元とぽってりした唇は昔のままだった。隣には、いかにも老舗の旦那らしい、粋人といった感じの御主人が、寄りそっている。

その横のハンサムな青年が、なんと正太である。眉の濃い、きりっとした顔立ちだが、おでこと頬の辺りに昔の面影があった。下の紹介文に、『京都大学の大学院で鳥類の研究をしている長男』と書かれていた。

本物の鳥博士になるんだなあ。

正太の両側にひとりずつ、お雛様のように愛らしい、そっくりの顔をした女の子が立って、正太の右手と左手を握っている。赤い花模様の同じ着物を着ている。七歳の御祝のようだ。

「ふたごの女の子に恵まれました。女将の仕事でいつもあたふたしておりますが、子どもといると本当にほっとします。ふたりとも年の離れた長男のことが大好きです。内緒ですが、まだ時々、おっぱいを飲んでいるんですよ。」

それが波子のコメントだった。

あの時、波子と結婚して、赤ん坊が生まれて、正太と波子と僕と、みんなで赤ん坊を育てたら、どんなにか楽しかっただろう。

悲しい子ども時代だなんて、僕はひとりで勝手に酔っていただけじゃないか。パパもママも、おばあちゃんも、あんなに、精一杯、僕をかわいがってくれたのに、僕の思うようじゃないから、拗ねていたんだ。早く死んじゃったから、いじけていたんだ。

波子をあんなに好きだったのに。

一度はこの手につかまえたのに。

映画の宣伝にも使えそうな、実に素晴らしい家族のポートレートだ。
家族とは何だろう。

波子が恋しかった。
波子に褒めてもらいたくてこれまでがんばってきたような気がした。
シャンパンを贈ってくれたのは、波子だろうか。

あとがき

「お母さん、男だったら、何してた？」と、長女から尋ねられたのは、今から十年以上も前のことです。

「映画監督」と答えると、「なぜ今やらないの？」と言うので、「家に居たいし、旅行が嫌いだし、夜は早く眠くなるし、人づきあいが苦手で共同作業ができないから。」と返したところ、「そういう人は、男でも、女でも、何にもなれないよね。」と笑われました。

男だったら……、などと考えてみたことはそれまで一度もなかったので、急に別の新しい世界が開けていくような気がして、同時に、私は女だからお母さんになりたかったけど、もし、男だったら、子どもが欲しいなんて、思うだろうか、という疑問が浮かびました。

そこで、やがて映画監督になる少年の物語を書いてみよう、と思い立ったのです。恋愛小説を書きたい、という思いもありました。

あれから十年。

何回書き直したかわかりません。

できた、と思って放っておくと、登場人物たちが、時折、私の耳元でささやくのです。

「私は、あんな真似はしないわ」とか、「ああいう言葉遣いは私らしくない。」などと。

昨年、大幅な削除と修正を行い、これでいいと納得ができ、思い切って出版に踏み切りました。

十年かけた甲斐があったと思います。

大学に入学した時からの友人で、今でも会う度に共に学んだ児童学の素晴らしさ、子どもの魅力、人が人を理解する難しさなどについて、語り合って尽きることのない庄籠道子さんと、私のささやかな仕事をいつも気にかけて励ましてくださる松本寛さんに、心からの感謝を込めて、この作品を捧げます。

冬花社の本多順子氏に、大変お世話になりました。ありがとうございました。

二〇一七年　盛夏

◉参考文献

「松竹大船撮影所覚え書」山内静夫、かまくら春秋社、平成十五年

桐ヶ谷まり（きりがや　まり）

一九五六年、山梨県生まれ。エッセイスト
お茶の水女子大学家政学部児童学科卒
同大学大学院家政学研究科児童学専攻修士課程修了
在学中、付属小学校の非常勤講師を一年間務める
一男二女を育てるかたわら、新聞、雑誌に書評やエッセイを寄稿
現在、逗子市在住。二〇一〇年より夫の跡を継いで不動産の経営・管理をしながら鴨二羽、犬一匹と暮らす
趣味は、園芸、油絵、ダイビング
著書に『きらめく子どもに育てる十年の魔法』二〇〇二年、リヨン社刊、『生粋――マリリン・モンローあるいは虐待された少女の夢』二〇一六年、冬花社

或る映画監督の回想

発行日　二〇一七年九月十日
著者　桐ヶ谷まり
発行者　本多順子
発行所　株式会社 冬花社
〒二四八－〇〇一三 鎌倉市材木座四－五－六
電話：〇四六七－二三－九九七三
FAX：〇四六七－二三－九九七四
http://www.toukasha.com

印刷・製本　精興社

ISBN978-4-908004-22-3